公主出任務 5

THE Princess IN BLACK
MYSTERIOUS PLAYDATE
遊戲日的祕密

文／珊寧・海爾 & 迪恩・海爾
Shannon Hale & Dean Hale

圖／范雷韻 LeUyen Pham

譯／黃筱茵

獻給艾比蓋兒、阿卓麗安、艾力克、阿蕾西亞、
雅蕾珊琪雅、阿蕾莎、艾雅、奧德蕾、阿法蘿絲、
布魯克琳、布莉安娜、卡洛琳、克萊兒、克莉蒙汀、
艾拉、愛麗、艾默森、艾芙琳、菲力絲、喬琪雅、
關娜麗、伊莎貝拉、潔絲、凱特琳、卡珊、凱瑟琳、
凱文、克拉拉、莉比、麗麗安娜、里歐、藍丁、
瑪德琳、馬勒麗、麥克斯、梅根、米羅、蜜麗阿瑪、
奧利佛、洛柯、露比、蘇菲雅、蘇菲、史黛拉、
泰勒、威廉、佐依，還有所有閱讀和玩黑衣公主遊戲
的小朋友們

珊寧・海爾 & 迪恩・海爾

獻給維勒娜，我認識最棒的說故事者之一

范雷韻

人物介紹

木ㄇㄨˋ蘭ㄌㄢˊ花ㄏㄨㄚ公ㄍㄨㄥ主ㄓㄨˇ

黑ㄏㄟ衣ㄧ公ㄍㄨㄥ主ㄓㄨˇ

山ㄕㄢ羊ㄧㄤˊ達ㄉㄚˊ夫ㄈㄨ

噴ㄆㄣ嚏ㄊㄧˋ草ㄘㄠˇ
公ㄍㄨㄥ主ㄓㄨˇ

偷ㄊㄡ偷ㄊㄡ摸ㄇㄛ摸ㄇㄛ
怪ㄍㄨㄞˋ獸ㄕㄡˋ

山ㄕㄢ羊ㄧㄤˊ復ㄈㄨˋ仇ㄔㄡˊ者ㄓㄜˇ

毯ㄊㄢˇ子ㄗ公ㄍㄨㄥ主ㄓㄨˇ

第 一 章
勝利之舞

　　真是一個清新又舒適的下午！黑衣公主和山羊復仇者剛剛合力把一隻怪獸擠回通往怪獸國的洞，是時候跳「勝利之舞」慶祝一下啦！

他們互相擊掌、扭扭屁股、喊「呀呼！」。這是他們之間的默契。

兩個人都沒注意到，在他們歡呼的時候，居然又有一隻怪獸偷偷從洞口探出頭來。

「今天就先把保護山羊的工作交給你了，沒問題吧？」黑衣公主說：「我有其他的計畫──一個神祕計畫。」

「交ㄐㄧㄠ給ㄍㄟˇ我ㄨㄛˇ吧ㄅㄚ！你ㄋㄧˇ的ㄉㄜ˙神ㄕㄣˊ祕ㄇㄧˋ計ㄐㄧˋ畫ㄏㄨㄚˋ聽ㄊㄧㄥ起ㄑㄧˇ來ㄌㄞˊ很ㄏㄣˇ不ㄅㄨˊ錯ㄘㄨㄛˋ。」山ㄕㄢ羊ㄧㄤˊ復ㄈㄨˋ仇ㄔㄡˊ者ㄓㄜˇ說ㄕㄨㄛ。

一ㄧ起ㄑㄧˇ打ㄉㄚˇ擊ㄐㄧˊ怪ㄍㄨㄞˋ獸ㄕㄡˋ實ㄕˊ在ㄗㄞˋ太ㄊㄞˋ開ㄎㄞ心ㄒㄧㄣ了ㄌㄜ˙，於ㄩˊ是ㄕˋ他ㄊㄚ們ㄇㄣˊ又ㄧㄡˋ跳ㄊㄧㄠˋ了ㄌㄜ˙一ㄧ次ㄘˋ「勝ㄕㄥˋ利ㄌㄧˋ之ㄓ舞ㄨˇ」。

4

就在黑衣公主打算轉身離開山羊草原時，剛從洞口爬出來的偷偷摸摸怪獸，立刻蹲坐下來，假裝成是一叢灌木。

　　「那裡本來就有一叢灌木嗎？」黑衣公主懷疑的問。

嚇ㄏㄜˋ！

　　山ㄕㄢ羊ㄧㄤˊ復ㄈㄨˋ仇ㄔㄡˊ者ㄓㄜˇ沒ㄇㄟˊ有ㄧㄡˇ聽ㄊㄧㄥ見ㄐㄧㄢˋ公ㄍㄨㄥ主ㄓㄨˇ的ㄉㄜ˙疑ㄧˊ問ㄨㄣˋ，他ㄊㄚ正ㄓㄥˋ忙ㄇㄤˊ著ㄓㄜ˙練ㄌㄧㄢˋ習ㄒㄧˊ忍ㄖㄣˇ者ㄓㄜˇ招ㄓㄠ數ㄕㄨˋ。隨ㄙㄨㄟˊ著ㄓㄜ˙使ㄕˇ出ㄔㄨ不ㄅㄨˋ同ㄊㄨㄥˊ招ㄓㄠ式ㄕˋ，他ㄊㄚ不ㄅㄨˋ停ㄊㄧㄥˊ喊ㄏㄢˇ著ㄓㄜ˙「嚇ㄏㄜˋ！」、「看ㄎㄢˋ招ㄓㄠ！」、「呼ㄏㄨ哈ㄏㄚ！」。

6

黑衣公主和黑旋風奔馳穿過森林，在城堡前方停下腳步。

　　他們得小心行動，不要被發現。因為如果有人看見黑衣公主進入城堡，其他人可能會猜到，她就是木蘭花公主。沒有人知道黑衣公主的祕密身分——當然，除了她的忠心小馬黑旋風。

　　黑衣公主看看右邊，黑旋風看看左邊，確認四周都沒有其他人。

接著，小工馬鑽進祕密通道，公主翻過城牆。他們認為一定沒有人會發現他們的行動。

第 二 章
偷偷摸摸怪獸的計畫

　　偷偷摸摸怪獸爬向護城河
的吊橋。牠餓得不得了，很想
大口吃山羊。黑衣公主聞起
來有山羊的味道。所以，偷偷
摸摸怪獸就一路跟著她來到
了城堡。

結果一轉眼，黑衣公主居然不見了。偷偷摸摸怪獸只好假裝成石頭蹲坐在一旁，等著看看有什麼食物可以吃。

　　沒多久，一隻獨角獸出現。牠拉著馬車經過吊橋，出了城堡。

一一位穿著粉紅色衣服的公主坐在馬車上。所以，她不是剛剛那位黑衣公主。不過，她身上居然也有山羊的味道……聞起來很可口。

「好想吃山羊……」偷偷摸摸怪獸輕聲的喃喃說著。

戴著面罩的英雄一直保護著山羊草原上的山羊,所以偷偷摸摸怪獸沒辦法偷吃山羊。於是,牠決定跟著這位公主。平常,只要跟著臭呼呼、毛茸茸的鬼東西都能找到山羊,更何況現在跟著這麼一位看起來不像會惹什麼麻煩的好人,偷偷摸摸怪獸覺得自己一定也會有好東西吃。

第 三 章
公主們的歡樂時光

　　酷ㄎㄨˋ麻ㄇㄚˊ花ㄏㄨㄚ拉ㄌㄚ著ㄓㄜ˙馬ㄇㄚˇ車ㄔㄜ繞ㄖㄠˋ過ㄍㄨㄛˋ了ㄌㄜ˙山ㄕㄢ頂ㄉㄧㄥˇ。沒ㄇㄟˊ多ㄉㄨㄛ久ㄐㄧㄡˇ，木ㄇㄨˋ蘭ㄌㄢˊ花ㄏㄨㄚ公ㄍㄨㄥ主ㄓㄨˇ聞ㄨㄣˊ到ㄉㄠˋ了ㄌㄜ˙空ㄎㄨㄥ氣ㄑㄧˋ中ㄓㄨㄥ鹹ㄒㄧㄢˊ鹹ㄒㄧㄢˊ的ㄉㄜ˙海ㄏㄞˇ水ㄕㄨㄟˇ味ㄨㄟˋ。

　　「酷ㄎㄨˋ麻ㄇㄚˊ花ㄏㄨㄚ，我ㄨㄛˇ們ㄇㄣ˙到ㄉㄠˋ了ㄌㄜ˙！」木ㄇㄨˋ蘭ㄌㄢˊ花ㄏㄨㄚ公ㄍㄨㄥ主ㄓㄨˇ說ㄕㄨㄛ：「我ㄨㄛˇ們ㄇㄣ˙到ㄉㄠˋ達ㄉㄚˊ噴ㄆㄣˋ嚏ㄊㄧˋ草ㄘㄠˇ公ㄍㄨㄥ主ㄓㄨˇ的ㄉㄜ˙王ㄨㄤˊ國ㄍㄨㄛˊ了ㄌㄜ˙！」

電車叮噹作響，海浪聲陣陣傳來，今天正是個適合執行神祕計畫的完美日子！就像是……「公主遊戲日」這種計畫！噴嚏草公主的城堡就在小鎮的正中央。

木蘭花公主敲敲門說：「噴嚏草公主，我來參加『公主遊戲日』了！」

沒人來應門。

「噴嚏草公主？」木蘭花公主高喊：「有人在家嗎？」

突然，噴嚏草公主清清喉嚨說：「我就在你旁邊呀。」

「哇！」木蘭花公主說：「我完全沒發現你站在旁邊耶。你跟一旁的花叢幾乎融為一體了！」

噴嚏草公主的坐騎——好棒豬爵士，帶酷麻花去參觀花園；噴嚏草公主則帶木蘭花公主參觀城堡。

「這裡原本應該是置放寶座的地方，」噴嚏草公主說：「結果寶座被放錯到別的房間去了。」

「有時候出一點小差錯也難免啦。」木蘭花公主安慰著說。

「這裡是舞廳註。」噴嚏草公主說：「不過，我都拿來放球。」

「哇，你很會利用空間耶。」木蘭花公主讚嘆的說。

註：「ballroom」原指舞廳，但噴嚏草公主則以為是「ball room」，指「放球的房間」。

「這裡是遊戲室。」噴嚏草公主說：「城堡裡還有其他房間，不過，我最常待在這裡。」

「我們可以進去嗎？」木蘭花公主問。

「你先請。」噴嚏草公主說。

木ㄇㄨˋ蘭ㄌㄢˊ花ㄏㄨㄚ公ㄍㄨㄥ主ㄓㄨˇ和ㄏㄢˊ噴ㄆㄣ嚏ㄊㄧˋ草ㄘㄠˇ公ㄍㄨㄥ主ㄓㄨˇ
的ㄉㄜ˙遊ㄧㄡˊ戲ㄒㄧˋ正ㄓㄥˋ式ㄕˋ開ㄎㄞ始ㄕˇ。

扮ㄅㄢˋ裝ㄓㄨㄤ
敲ㄑㄧㄠ擊ㄐㄧˊ！

歡ㄏㄨㄢ樂ㄌㄜˋ
蹦ㄅㄥˋ蹦ㄅㄥˋ跳ㄊㄧㄠˋ！

歌（ㄍㄜ）唱（ㄔㄤˋ）
爭（ㄓㄥ）霸（ㄅㄚˋ）！

點（ㄉㄧㄢˇ）心（ㄒㄧㄣ）
爵（ㄐㄩㄝˊ）士（ㄕˋ）舞（ㄨˇ）！

怪獸國
↓

木蘭花公主玩得好開心。不過，因為離她的城堡很遠，因此公主的閃光石戒指接收不到怪獸警報。這麼一來，也就沒有任何怪獸攻擊的事件，會打擾她跟噴嚏草公主的快樂時光。

第四章
噴嚏草公主的計畫

　　突然，從窗戶外面傳來一陣尖叫，打斷了兩位公主的快樂時光。尖叫聲聽起來像是從對面的公園傳過來。

　　「救命啊！救命啊！有怪獸想吃掉我的小貓！」

　　「有怪獸？我的媽媽咪呀！」噴嚏草公主大喊。

「喔，這可真是糟糕！」木蘭花公主說。

「別擔心，你待在這裡就好。」噴嚏草公主說：「我去看看發生了什麼事。」

噴嚏草公主很肯定，一向端莊完美的木蘭花公主一定會害怕怪獸。畢竟連蝸牛、蚯蚓都會讓她緊張兮兮，更別說是怪獸了。她也不喜歡因為跑來跑去流很多汗而弄得臉上濕答答的。

於是，噴嚏草公主故作輕鬆，微笑著離開遊戲室。接著，她拔腿就跑。

噴嚏草公主有點不知所措。她心想，身為這個國家的公主，應該挺身而出保護她的王國嗎？答案是肯定的！可是，她知道該怎麼保護嗎？呃……她不太知道該怎麼做。幸好，她在《公主》雜誌上看過關於黑衣公主的報導。

如何成為打擊怪獸的英雄

步驟1：喬裝打扮。

沒人知道黑衣公主的真正身分。所以，噴嚏草公主覺得她也應該隱藏自己的身分。她溜進棉被間，看了看四周的東西之後心想，要穿什麼來偽裝呢？

第五章
毯子公主

　　噴ㄆㄣ嚏ㄊㄧ草ㄘㄠ公ㄍㄨㄥ主ㄓㄨ前ㄑㄧㄢ腳ㄐㄧㄠ一ㄧ離ㄌㄧ開ㄎㄞ，木ㄇㄨ蘭ㄌㄢ花ㄏㄨㄚ公ㄍㄨㄥ主ㄓㄨ後ㄏㄡ腳ㄐㄧㄠ也ㄧㄝ跟ㄍㄣ著ㄓㄜ跑ㄆㄠ開ㄎㄞ。她ㄊㄚ跳ㄊㄧㄠ出ㄔㄨ窗ㄔㄨㄤ外ㄨㄞ，躲ㄉㄨㄛ進ㄐㄧㄣ樹ㄕㄨ叢ㄘㄨㄥ裡ㄌㄧ，脫ㄊㄨㄛ下ㄒㄧㄚ粉ㄈㄣ紅ㄏㄨㄥ色ㄙㄜ蓬ㄆㄥ蓬ㄆㄥ洋ㄧㄤ裝ㄓㄨㄤ，戴ㄉㄞ上ㄕㄤ面ㄇㄧㄢ具ㄐㄩ。接ㄐㄧㄝ著ㄓㄜ，她ㄊㄚ跳ㄊㄧㄠ出ㄔㄨ樹ㄕㄨ叢ㄘㄨㄥ、穿ㄔㄨㄢ過ㄍㄨㄛ街ㄐㄧㄝ道ㄉㄠ，迅ㄒㄩㄣ速ㄙㄨ跑ㄆㄠ進ㄐㄧㄣ公ㄍㄨㄥ園ㄩㄢ。

「怪獸剋星報到！」黑衣公主說。

但是，她沒有看見任何怪獸的蹤影。公園裡只有一位被嚇哭的小女生、一隻發抖的小貓，還有一位戴面具的陌生人。

「請問你是誰？」黑衣公主問。

「我？」戴面具的陌生人說：「呃……我就是……嗯……毯子公主！」

毯子公主手插著腰，看起來很有自信的樣子，只不過她的眼睛被毯子的角遮住，看不太清楚。於是，她急忙把遮住眼睛的布撥開。

「太棒了！」黑衣公主說。
「有人幫忙真不錯，我們可以
一起出任務！」

她們安慰哭泣的小女生，
安撫受到驚嚇的小貓。

她們仔細檢查怪獸的腳
印，但是怪獸卻憑空消失
了。她們只好各自離開公
園，暫停找怪獸的任務。

第 六 章
分頭進行的任務

　　毯子公主回到城堡裡。她避開僕人的視線，悄悄溜進棉被間。不久，她終於回到遊戲室。

　　「我回來了！」噴嚏草公主說。

木ㄇㄨˋ蘭ㄌㄢˊ花ㄏㄨㄚ公ㄍㄨㄥ主ㄓㄨˇ正ㄓㄥˋ在ㄗㄞˋ看ㄎㄢˋ書ㄕㄨ。她ㄊㄚ的ㄉㄜ˙臉ㄌㄧㄢˇ頰ㄐㄧㄚˊ泛ㄈㄢˋ紅ㄏㄨㄥˊ，好ㄏㄠˇ像ㄒㄧㄤˋ剛ㄍㄤ剛ㄍㄤ跑ㄆㄠˇ完ㄨㄢˊ步ㄅㄨˋ的ㄉㄜ˙樣ㄧㄤˋ子ㄗ˙。噴ㄆㄣ嚏ㄊㄧˋ草ㄘㄠˇ公ㄍㄨㄥ主ㄓㄨˇ覺ㄐㄩㄝˊ得ㄉㄜ˙自ㄗˋ己ㄐㄧˇ的ㄉㄜ˙想ㄒㄧㄤˇ法ㄈㄚˇ有ㄧㄡˇ點ㄉㄧㄢˇ傻ㄕㄚˇ，因ㄧㄣ為ㄨㄟˋ公ㄍㄨㄥ主ㄓㄨˇ才ㄘㄞˊ不ㄅㄨˊ會ㄏㄨㄟˋ用ㄩㄥˋ跑ㄆㄠˇ的ㄉㄜ˙呢ㄋㄜ˙！

　　「結ㄐㄧㄝˊ果ㄍㄨㄛˇ外ㄨㄞˋ面ㄇㄧㄢˋ到ㄉㄠˋ底ㄉㄧˇ發ㄈㄚ生ㄕㄥ了ㄌㄜ˙什ㄕㄣˊ麼ㄇㄜ˙事ㄕˋ？」木ㄇㄨˋ蘭ㄌㄢˊ花ㄏㄨㄚ公ㄍㄨㄥ主ㄓㄨˇ問ㄨㄣˋ。

「有一隻怪獸溜進公園裡，」噴嚏草公主敘述著，「牠想吃掉一隻小貓。後來，黑衣公主出現在公園。」

「真是太棒了！」木蘭花公主問：「她有阻止怪獸嗎？」

「怪獸不見了。嗯……還出現一位新的英雄喔，叫『毯子公主』。」

「這樣啊……。」木蘭花公主說：「兩位英雄聯手，一定能解決那隻怪獸。」

「沒錯。」噴嚏草公主說：「就把這件事交給她們吧！」

「救命啊！」外頭又傳來大叫的聲音。「有怪獸！」

兩位公主看了看對方。

「我得……嗯…去一下洗手間。」木蘭花公主自言自語的說著。

「就在走廊盡頭嗎？」說完，她邊往門口走。

「對ㄉㄨㄟˋ，沒ㄇㄟˊ錯ㄘㄨㄛˋ。」噴ㄆㄣ嚏ㄊㄧˋ草ㄘㄠˇ公ㄍㄨㄥ主ㄓㄨˇ也ㄧㄝˇ小ㄒㄧㄠˇ小ㄒㄧㄠˇ聲ㄕㄥ的ㄉㄜ說ㄕㄨㄛ著ㄓㄜ：「我ㄨㄛˇ去ㄑㄩˋ找ㄓㄠˇ一ㄧ下ㄒㄧㄚˋ，不ㄅㄨˋ知ㄓ道ㄉㄠˋ被ㄅㄟˋ擺ㄅㄞˇ到ㄉㄠˋ哪ㄋㄚˇ裡ㄌㄧˇ去ㄑㄩˋ的ㄉㄜ寶ㄅㄠˇ座ㄗㄨㄛˋ……。」接ㄐㄧㄝ著ㄓㄜ，她ㄊㄚ卻ㄑㄩㄝˋ往ㄨㄤˇ另ㄌㄧㄥˋ一ㄧ扇ㄕㄢˋ門ㄇㄣˊ的ㄉㄜ方ㄈㄤ向ㄒㄧㄤˋ走ㄗㄡˇ。

直ㄓˊ到ㄉㄠˋ四ㄙˋ周ㄓㄡ都ㄉㄡ沒ㄇㄟˊ有ㄧㄡˇ人ㄖㄣˊ，噴ㄆㄣ嚏ㄊㄧˋ草ㄘㄠˇ公ㄍㄨㄥ主ㄓㄨˇ立ㄌㄧˋ刻ㄎㄜˋ拔ㄅㄚˊ腿ㄊㄨㄟˇ就ㄐㄧㄡˋ跑ㄆㄠˇ。

47

如何成為打擊怪獸的英雄

步驟1：喬裝打扮。

步驟2：騎上勇敢、戴著面具的坐騎。

只要一些毯子、繩子，和一根紅蘿蔔，就能讓好棒豬爵士喬裝成令人害怕的獨角獸英雄——柯尼！

毯子公主騎著柯尼進入公園。她開心的高舉雙手。

「變裝完畢！」毯子公主說：「怪獸們，你們可得小心點了！」

當毯子公主抵達現場，卻沒看到任何怪獸，只有一位小男生和毛茸茸的小狗，以及……黑衣公主。

「有一隻怪獸想吃掉我的小狗！」小男生說：「可是你們一到，牠就不見了。」

「我的老天啊！」毯子公主氣憤的說：「我們一定得找到怪獸！」

黑衣公主騎著黑旋風，繞著公園巡查。

毯子公主也騎著柯尼，不過，他們只在原地轉圈圈。柯尼不覺得怪獸會離開公園多遠。

一位英雄在遠處搜查，另一位在附近搜查。只可惜，她們都沒有找到怪獸。

第 七 章
毯子公主的絕招

　　黑衣公主下定決心說道：
「只要沒找到怪獸，我就不休息！」

　　黑旋風直起身子，神氣的發出「嘶」的一聲。他們決定出發到市中心去搜查。

「我也是！」毯子公主附和的說。

她跳到柯尼背上。只是……柯尼捲起身子，神氣又大聲的發出……打呼聲。

ZZZZ

毯子公主希望留在城堡裡的木蘭花公主慢慢使用洗手間，因為她「獵捕怪獸」的進度，大概跟柯尼一樣「神速」。

毯子公主摸了摸下巴，心裡想著，怪獸一直想吃公園裡的寵物，牠一定就躲在附近。她會把怪獸找出來，勢必完成這次任務！

如何成為打擊怪獸的英雄

步驟1：喬裝打扮。

步驟2：騎上勇敢、戴著面具的坐騎。

步驟3：使出各種酷炫的忍者招數。

毯子公主踢了一下樹叢，結果鞋子飛了出去。她只好趕緊撿回鞋子穿好。

毯子公主用力往樹幹上一搥，結果手受傷了。她只好先幫傷口纏上繃帶。

毯子公主試著快速轉身，結果覺得頭好暈。她只好先坐下來、休息一下。

「你在做什麼呀？」一個牽著寵物駱馬散步的男生問道。

「在跟怪獸戰鬥呀。」毯子公主回答。

「看起來不太像耶。」男生說。駱馬好像也同意主人的意見一樣，不屑的吐了口氣。

毯子公主吸吸鼻子，下巴忍不住顫抖著。她好想哭，她不太確定自己適合當英雄，因為她不像黑衣公主會使用忍者招數。

　　「哇，」男生驚訝的說：「你不動的時候，我幾乎找不到你耶，太神奇了。」

毯子公主想起她在《忍者》雜誌上讀到的東西。

忍者技巧

1. 酷斃的戰鬥招數。
2. 絕佳的攀爬技術。
3. 隱身高手。

毯子公主心想，她絕對能掌握其中一項忍者技巧！

毯子公主站試著在幾棵樹中間，一動也不動，就連柯尼都不曉得她在那裡。接著，她靜靜等待。

第 八 章
可口的寵物

　　偷偷摸摸怪獸覺得肚子好餓。這座公園裡沒有山羊，有毛茸茸但不是山羊的寵物。這些寵物聞起來很可口。可是每當偷偷摸摸怪獸想抓一隻來吃吃看的時候，就會有兩位英雄現身。

偷偷摸摸怪獸只好假裝成一張公園長椅。怪獸覺得變成長椅不太舒服，因為偶爾會有經過的人一屁股坐在牠身上。

有一隻寵物正捲著身子在公園睡覺。牠不是山羊，不過聞起來似乎也很可口。

偷偷摸摸怪獸左看看，右看看，確定沒有人在看牠。

偷偷摸摸怪獸從長椅形狀
變回原本的模樣。牠爬向那
隻昏昏欲睡、但不是山羊的
寵物。

　　「還真奇怪呀！」突然有個
聲音說。

一陣揮舞毯子的聲音之後，英雄出現了。怪獸先是被嚇了一跳，接著立刻對著蒙面英雄怒吼。

「吃寵物！」怪獸大叫。

「不准吃寵物。」毯子公主說。

偷偷摸摸怪獸心想，這位蒙面英雄看起來沒什麼威脅性，而且毛茸茸的，說不定也很可口！

「那……吃你？」偷偷摸摸怪獸一說完，立刻往毯子公主的方向撲過去。毯子公主試著逃跑，怪獸則被公主身上某件毯子纏住了。怪獸用力扯掉毯子，繼續大吼。偷偷摸摸怪獸看起來好像在玩扮裝遊戲，這讓毯子公主想到了一個主意。

她從口袋裡拿出卡拉OK麥克風，對著麥克風大聲喊：「呼叫黑衣公主！你要不要快過來一起玩『英雄公主』的遊戲？」

遠方立刻傳來了小馬的嘶叫聲，那正是黑衣公主跟黑旋風的回應！

第 九 章
英雄公主的遊戲

　　黑衣公主與黑旋風飛奔回到公園，看見毯子公主正對著怪獸丟出更多毯子。怪獸想要溜走，可是太多毯子覆蓋在牠身上，讓牠動彈不得。

「扮裝敲擊！」毯子公主對
黑衣公主說。

黑衣公主對毯子公主點頭
示意，接著兩位英雄開始她
們專屬的遊戲。

歡(ㄏㄨㄢ)樂(ㄌㄜˋ)
蹦(ㄅㄥˋ)蹦(ㄅㄥˋ)跳(ㄊㄧㄠˋ)！

魔(ㄇㄛˊ)音(ㄧㄣ)
傳(ㄔㄨㄢˊ)耳(ㄦˇ)！

團ㄊㄨㄢˊ團ㄊㄨㄢˊ轉ㄓㄨㄢˇ點ㄉㄧㄢˇ心ㄒㄧㄣ捲ㄐㄩㄢˇ！

獨ㄉㄨˊ角ㄐㄧㄠˇ撞ㄓㄨㄤˋ擊ㄐㄧˊ！

偷偷摸摸怪獸沒辦法偽裝成其他東西了，現在牠只覺得頭昏眼花。

「吃……寵……物？」雖然頭昏眼花，怪獸還是不死心的叫著。

「怪獸，你乖乖！」兩位英雄齊聲說。

「我ㄨㄛˇ帶ㄉㄞˋ你ㄋㄧˇ回ㄏㄨㄟˊ怪ㄍㄨㄞˋ獸ㄕㄡˋ國ㄍㄨㄛˊ吧ㄅㄚ！」黑ㄏㄟ衣ㄧ公ㄍㄨㄥ主ㄓㄨˇ對ㄉㄨㄟˋ怪ㄍㄨㄞˋ獸ㄕㄡˋ說ㄕㄨㄛ。

「毯ㄊㄢˇ子ㄗˇ公ㄍㄨㄥ主ㄓㄨˇ，你ㄋㄧˇ要ㄧㄠˋ不ㄅㄨˋ要ㄧㄠˋ一ㄧˋ起ㄑㄧˇ去ㄑㄩˋ？咦ㄧˊ……你ㄋㄧˇ在ㄗㄞˋ哪ㄋㄚˇ裡ㄌㄧˇ呀ㄧㄚ？」黑ㄏㄟ衣ㄧ公ㄍㄨㄥ主ㄓㄨˇ疑ㄧˊ惑ㄏㄨㄛˋ的ㄉㄜ問ㄨㄣˋ。

毯ㄊㄢˇ子ㄗˇ堆ㄉㄨㄟ裡ㄌㄧˇ突ㄊㄨˊ然ㄖㄢˊ冒ㄇㄠˋ出ㄔㄨ一ㄧˊ個ㄍㄜˋ聲ㄕㄥ音ㄧㄣ說ㄕㄨㄛ：「我ㄨㄛˇ在ㄗㄞˋ這ㄓㄜˋ裡ㄌㄧˇ呀ㄧㄚ。我ㄨㄛˇ覺ㄐㄩㄝˊ得ㄉㄜˊ，你ㄋㄧˇ可ㄎㄜˇ能ㄋㄥˊ用ㄩㄥˋ得ㄉㄜˊ上ㄕㄤˋ這ㄓㄜˋ條ㄊㄧㄠˊ繩ㄕㄥˊ子ㄗˇ。」

「哇！」黑衣公主說：「你的忍者技巧真厲害。我根本沒看見你在那裡耶。」

毯子公主相當得意的露出微笑。接著，兩位公主合力把怪獸綑得像隻小豬一樣，準備帶牠回怪獸國。

第 十 章
三位英雄的勝利之舞

　　山羊復仇者剛剛才把一隻怪獸塞回怪獸國。他累得滿身大汗，但臉上卻掛著笑容。除了山羊這群固定的啦啦隊之外，他希望還有人能一起加入跳「勝利之舞」的行列。

就ㄐㄧㄡˋ在ㄗㄞˋ這ㄓㄜˋ個ㄍㄜˋ時ㄕˊ候ㄏㄡˋ，黑ㄏㄟ衣ㄧ公ㄍㄨㄥ主ㄓㄨˇ和ㄏㄜˊ黑ㄏㄟ旋ㄒㄩㄢˊ風ㄈㄥ奔ㄅㄣ馳ㄔˊ進ㄐㄧㄣˋ入ㄖㄨˋ山ㄕㄢ羊ㄧㄤˊ草ㄘㄠˇ原ㄩㄢˊ。

　　「我ㄨㄛˇ們ㄇㄣˊ還ㄏㄞˊ有ㄧㄡˇ一ㄧ隻ㄓ怪ㄍㄨㄞˋ獸ㄕㄡˋ要ㄧㄠˋ送ㄙㄨㄥˋ回ㄏㄨㄟˊ怪ㄍㄨㄞˋ獸ㄕㄡˋ國ㄍㄨㄛˊ！」黑ㄏㄟ衣ㄧ公ㄍㄨㄥ主ㄓㄨˇ大ㄉㄚˋ聲ㄕㄥ宣ㄒㄩㄢ布ㄅㄨˋ。

「我們？」山羊復仇者問。

「沒錯！」黑衣公主說：「讓我來介紹另一位英雄——毯子公主！」

「你好ㄏㄠˇ！」新ㄒㄧㄣ的ㄉㄜ英ㄧㄥ雄ㄒㄩㄥ跟ㄍㄣ山ㄕㄢ羊ㄧㄤ復ㄈㄨˋ仇ㄔㄡˊ者ㄓㄜˇ打ㄉㄚˇ了ㄌㄜ招ㄓㄠ呼ㄏㄨ。她ㄊㄚ坐ㄗㄨㄛˋ在ㄗㄞˋ一ㄧˋ隻ㄓ圓ㄩㄢˊ滾ㄍㄨㄣˇ滾ㄍㄨㄣˇ的ㄉㄜ獨ㄉㄨˊ角ㄐㄧㄠˇ獸ㄕㄡˋ背ㄅㄟˋ上ㄕㄤˋ，慢ㄇㄢˋ步ㄅㄨˋ走ㄗㄡˇ進ㄐㄧㄣˋ草ㄘㄠˇ原ㄩㄢˊ。

「我ㄨㄛˇ們ㄇㄣ在ㄗㄞˋ玩ㄨㄢˊ『英ㄧㄥ雄ㄒㄩㄥ公ㄍㄨㄥ主ㄓㄨˇ』的ㄉㄜ遊ㄧㄡˊ戲ㄒㄧˋ。」黑ㄏㄟ衣ㄧ公ㄍㄨㄥ主ㄓㄨˇ問ㄨㄣˋ：「山ㄕㄢ羊ㄧㄤ復ㄈㄨˋ仇ㄔㄡˊ者ㄓㄜˇ，你ㄋㄧˇ要ㄧㄠˋ不ㄅㄨˋ要ㄧㄠˋ加ㄐㄧㄚ入ㄖㄨˋ？」

山羊復仇者有點猶豫。他很想加入，可是他並不是公主。

　　「『英雄公主』是什麼遊戲啊？」山羊復仇者問。

　　「跟怪獸戰鬥呀！」黑衣公主回答：「還有吃點心。」

「加ㄐㄧㄚ上ㄕㄤˋ唱ㄔㄤˋ歌ㄍㄜ跳ㄊㄧㄠˋ舞ㄨˇ！」毯ㄊㄢˇ子ㄗ˙公ㄍㄨㄥ主ㄓㄨˇ接ㄐㄧㄝ著ㄓㄜ˙補ㄅㄨˇ充ㄔㄨㄥ說ㄕㄨㄛ明ㄇㄧㄥ：「不ㄅㄨˋ過ㄍㄨㄛˋ，主ㄓㄨˇ要ㄧㄠˋ還ㄏㄞˊ是ㄕˋ跟ㄍㄣ怪ㄍㄨㄞˋ獸ㄕㄡˋ戰ㄓㄢˋ鬥ㄉㄡˋ。」

山ㄕㄢ羊ㄧㄤˊ復ㄈㄨˋ仇ㄔㄡˊ者ㄓㄜˇ忍ㄖㄣˇ不ㄅㄨˊ住ㄓㄨˋ笑ㄒㄧㄠˋ了ㄌㄜ˙，因ㄧㄣ為ㄨㄟˋ「英ㄧㄥ雄ㄒㄩㄥˊ公ㄍㄨㄥ主ㄓㄨˇ」的ㄉㄜ˙遊ㄧㄡˊ戲ㄒㄧˋ聽ㄊㄧㄥ起ㄑㄧˇ來ㄌㄞˊ真ㄓㄣ的ㄉㄜ˙很ㄏㄣˇ有ㄧㄡˇ趣ㄑㄩˋ。

他們齊力把偷偷摸摸怪獸塞回怪獸國。

然後，就是大家一起跳「勝利之舞」時間了。

三位英雄互相擊掌，扭扭屁股，喊「呀呼！」

這是他們專屬的默契。

關鍵詞
Keywords

單元設計｜李貞慧
（國立臺灣大學外國語文學系研究所碩士，現任國中英語老師）

❶ **bush** 灌木 名詞

The monster squatted into
the shape of a bush.

怪獸蹲坐下來，假裝
成是一叢灌木。

❷ castle 城堡 名詞

The princess jumped the castle wall.

公主翻過城牆。

❸ drawbridge
吊橋 名詞

The monster crept toward the castle drawbridge.

怪獸爬向城堡的吊橋。

❹ buggy 馬車 名詞

A princess sat in the buggy.

一位公主坐在馬車上。

❺ trolley car 電車 名詞

The trolley cars were clacking.

電車叮噹作響。

⑥ blend in 融合 片語

Princess Sneezewort blended in so well with the flowers.

噴嚏草公主和花叢幾乎融為一體了。

⑦ footprint 腳印 名詞

Princess in Black examined monster footprints.

黑衣公主檢查怪獸的腳印。

❽ ninja 忍者 名詞

The Princess in Blankets remembered some-
thing she had read in the Ninja magazine.

毯子公主想起她在《忍者》雜誌上讀到的東西。

忍者技巧
1. 酷斃的戰鬥招數
2. 絕佳的攀爬技術
3. 隱身高手

❾ bench 長椅 名詞

The monster pretended to be a park bench.

怪獸假裝成一張
公園長椅。

閱讀想一想
Think Again

❶ 木蘭花公主跟噴嚏草公主的「遊戲日」活動很看起來很棒。你和好朋友們，或你的兄弟姊妹，也有專屬的遊戲嗎？

❷ 為什麼偷偷摸摸怪獸一直沒有被大家發現？牠的特殊技能是什麼？

❸ 毯子公主怎麼發現自己出奇制勝的技巧呢？

❹ 要成為打擊怪獸的英雄，你覺得還需要哪些步驟呢？

❺ 你有發現黑衣公主、山羊復仇者以及毯子公主三個人互相幫助的事蹟嗎？請找出來有哪些！

國家圖書館出版品預行編目(CIP)資料

公主出任務.5：遊戲日的祕密 / 珊寧.海爾(Shannon
Hale), 迪恩.海爾(Dean Hale)文；范雷韻(LeUyen Pham)圖；
黃筱茵譯. -- 初版. -- 新北市：字畝文化創意出版：遠足文
化發行, 2017.12
　　面；　公分
譯自：The princess in black and the mysterious playdate

ISBN 978-986-95508-2-6(平裝)

874.59　　　　　　　　　　　　　　　106021190

公主出任務 5：遊戲日的祕密

The Princess In Black and the MYSTERIOUS PLAYDATE

作者／珊寧・海爾 & 迪恩・海爾 Shannon Hale, Dean Hale
繪者／范雷韻 LeUyen Pham　譯者／黃筱茵

字畝文化創意有限公司

社長／馮季眉　編輯總監／周惠玲　責任編輯／洪 絹
編輯／戴鈺娟、陳曉慈、徐子茹　封面設計／Misha　內頁設計／張簡至真

讀書共和國出版集團

社長／郭重興　發行人兼出版總監／曾大福
業務平臺總經理／李雪麗　業務平臺副總經理／李復民
實體通路協理／林詩富　網路暨海外通路協理／張鑫峰　特販通路協理／陳綺瑩
印務經理／黃禮賢　印務主任／李孟儒

發　　　行／遠足文化事業股份有限公司
地　　　址／ 231 新北市新店區民權路108-2號9樓
電　　　話／ (02)2218-1417
傳　　　真／ (02)8667-1065
電子信箱／ service@bookrep.com.tw
網　　　址／ www.bookrep.com.tw
法律顧問／華洋法律事務所　蘇文生律師
印　　　製／中原造像股份有限公司

2017年12月06日　初版一刷　2021年06月　初版八刷　定價：300元

書號：XBSY0005　ISBN：978-986-95508-2-6
特別聲明：有關本書中的言論內容，不代表本公司出版集團之立場與意見，文責
　　　　　由作者自行承擔